Gröls Verlage

„Bücher sind wie Fallschirme. Sie nützen uns nichts, wenn wir sie nicht öffnen."

Gröls Verlag

Redaktionelle Hinweise und Impressum

Das vorliegende Werk wurde zugunsten der Authentizität sehr zurückhaltend bearbeitet. So wurden etwa ursprüngliche Rechtschreibfehler *nicht* systematisch behoben, denn kleine Unvollkommenheiten machen das Buch – wie im Übrigen den Menschen – erst authentisch. Mitunter wurden jedoch zum Beispiel Absätze behutsam neu getrennt, um den Lesefluss zu erleichtern.

Um die Texte zu rekonstruieren, werden antiquarische Bücher von Lesegeräten gescannt und dann durch eine Software lesbar gemacht. Der so entstandene Text wird von Menschen gegengelesen und korrigiert – hierbei treten auch Fehler auf. Wenn Sie ebenfalls antiquarische Texte einreichen möchten, finden Sie weitere Informationen auf www.groels.de

Viel Freude bei der Lektüre wünscht Ihnen das Team des Gröls-Verlags.

Adressen

Verleger: Sophia Gröls, Im Borngrund 26, 61440 Oberursel

Externer Dienstleister für Distribution & Herstellung: BoD, In de Tarpen 42, 22848 Norderstedt

Unsere „Edition | Werke der Weltliteratur" hat den Anspruch, eine der größten und vollständigsten Sammlungen klassischer Literatur in deutscher Sprache zu sein. Nach und nach versammeln wir hier nicht nur die „üblichen Verdächtigen" von Goethe bis Schiller, sondern auch Kleinode der vergangenen Jahrhunderte, die – zu Unrecht – drohen, in Vergessenheit zu geraten. Wir kultivieren und kuratieren damit einen der wertvollsten Bereiche der abendländischen Kultur. Kleine Auswahl:

Francis Bacon • Neues Organon • **Balzac** • Glanz und Elend der Kurtisanen • **Joachim H. Campe** • Robinson der Jüngere • **Dante Alighieri** • Die Göttliche Komödie • **Daniel Defoe** • Robinson Crusoe • **Charles Dickens** • Oliver Twist • **Denis Diderot** • Jacques der Fatalist • **Fjodor Dostojewski** • Schuld und Sühne • **Arthur Conan Doyle** • Der Hund von Baskerville • **Marie von Ebner-Eschenbach** • Das Gemeindekind • **Elisabeth von Österreich** • Das Poetische Tagebuch • **Friedrich Engels** • Die Lage der arbeitenden Klasse • **Ludwig Feuerbach** • Das Wesen des Christentums • **Johann G. Fichte** • Reden an die deutsche Nation • **Fitzgerald** • Zärtlich ist die Nacht • **Flaubert** • Madame Bovary • **Gorch Fock** • Seefahrt ist not! • **Theodor Fontane** • Effi Briest • **Robert Musil** • Über die Dummheit • **Edgar Wallace** • Der Frosch mit der Maske • **Jakob Wassermann** • Der Fall Maurizius • **Oscar Wilde** • Das Bildnis des Dorian Grey • **Émile Zola** • Germinal • **Stefan Zweig** • Schachnovelle • **Hugo von Hofmannsthal** • Der Tor und der Tod • **Anton Tschechow** • Ein Heiratsantrag • **Arthur Schnitzler** • Reigen • **Friedrich Schiller** • Kabale und Liebe • **Nicolo Machiavelli** • Der Fürst • **Gotthold E. Lessing** • Nathan der Weise • **Augustinus** • Die Bekenntnisse des heiligen Augustinus • **Marcus Aurelius** • Selbstbetrachtungen • **Charles Baudelaire** • Die Blumen des Bösen • **Harriett Stowe** • Onkel Toms Hütte • **Walter Benjamin** • Deutsche Menschen • **Hugo Bettauer** • Die Stadt ohne Juden • **Lewis Caroll** • *und viele mehr….*

Karl Marx & Friedrich Engels

Manifest der Kommunistischen Partei

Inhalt

I. Bourgeois und Proletarier

Die Geschichte aller bisherigen Gesellschaft ist die Geschichte von Klassenkämpfen.

Freier und Sklave, Patrizier und Plebejer, Baron und Leibeigener, Zunftbürger und Gesell, kurz, Unterdrücker und Unterdrückte standen in stetem Gegensatz zueinander, führten einen ununterbrochenen, bald versteckten, bald offenen Kampf, einen Kampf, der jedesmal mit einer revolutionären Umgestaltung der ganzen Gesellschaft endete oder mit dem gemeinsamen Untergang der kämpfenden Klassen.

In den früheren Epochen der Geschichte finden wir fast überall eine vollständige Gliederung der Gesellschaft in verschiedene Stände, eine mannigfaltige Abstufung der gesellschaftlichen Stellungen. Im alten Rom haben wir

Patrizier, Ritter, Plebejer, Sklaven; im Mittelalter Feudalherren, Vasallen, Zunftbürger, Gesellen, Leibeigene, und noch dazu in fast jeder dieser Klassen besondere Abstufungen.

Die aus dem Untergang der feudalen Gesellschaft hervorgegangene moderne bürgerliche Gesellschaft hat die Klassengegensätze nicht aufgehoben. Sie hat nur neue Klassen, neue Bedingungen der Unterdrückung, neue Gestaltungen des Kampfes an die Stelle der alten gesetzt.

Unsere Epoche, die Epoche der Bourgeoisie, zeichnet sich jedoch dadurch aus, daß sie die Klassengegensätze vereinfacht hat. Die ganze Gesellschaft spaltet sich mehr und mehr in zwei große feindliche Lager, in zwei große, einander direkt gegenüberstehende Klassen: Bourgeoisie und Proletariat.

Aus den Leibeigenen des Mittelalters gingen die Pfahlbürger der ersten Städte hervor; aus dieser Pfahlbürgerschaft entwickelten sich die ersten Elemente der Bourgeoisie.

Die Entdeckung Amerikas, die Umschiffung Afrikas schufen der aufkommenden Bourgeoisie ein neues Terrain. Der ostindische und chinesische Markt, die Kolonisierung von Amerika, der Austausch mit den Kolonien, die Vermehrung der Tauschmittel und der Waren überhaupt gaben dem Handel, der Schiffahrt, der Industrie einen nie gekannten Aufschwung und damit dem revolutionären Element in der zerfallenden feudalen Gesellschaft eine rasche Entwicklung.

Die bisherige feudale oder zünftige Betriebsweise der Industrie reichte nicht mehr aus für den mit neuen Märkten anwachsenden Bedarf. Die Manufaktur trat an ihre Stelle. Die Zunftmeister wurden verdrängt durch den industriellen Mittelstand; die Teilung der Arbeit zwischen den verschiedenen Korporationen verschwand vor der Teilung der Arbeit in der einzelnen Werkstatt selbst.

Aber immer wuchsen die Märkte, immer stieg der Bedarf. Auch die Manufaktur reichte nicht mehr aus. Da revolutionierte der Dampf und die Maschinerie die industrielle Produktion. An die Stelle der Manufaktur trat die moderne große Industrie, an die Stelle des industriellen Mittelstandes traten die industriellen Millionäre, die Chefs ganzer industrieller Armeen, die modernen Bourgeois.

Die große Industrie hat den Weltmarkt hergestellt, den die Entdeckung Amerikas vorbereitete. Der Weltmarkt hat dem Handel, der Schiffahrt, den Landkommunikationen eine unermeßliche Entwicklung gegeben. Diese hat wieder auf die Ausdehnung der Industrie zurückgewirkt, und in demselben Maße, worin Industrie, Handel, Schiffahrt, Eisenbahnen sich ausdehnten, in demselben Maße entwickelte sich die Bourgeoisie, vermehrte sie ihre Kapitalien, drängte sie alle vom Mittelalter her überlieferten Klassen in den Hintergrund.

Wir sehen also, wie die moderne Bourgeoisie selbst das Produkt eines langen Entwicklungsganges, einer Reihe von Umwälzungen in der Produktions- und Verkehrsweise ist.

Jede dieser Entwicklungsstufen der Bourgeoisie war begleitet von einem entsprechenden politischen Fortschritt. Unterdrückter Stand unter der Herrschaft der Feudalherren, bewaffnete und sich selbst verwaltende Assoziation, in der Kommune, hier unabhängige städtische

Republik, dort dritter steuerpflichtiger Stand der Monarchie, dann zur Zeit der Manufaktur Gegengewicht gegen den Adel in der ständischen oder in der absoluten Monarchie, Hauptgrundlage der großen Monarchien überhaupt, erkämpfte sie sich endlich seit der Herstellung der großen Industrie und des Weltmarktes im modernen Repräsentativstaat die ausschließliche politische Herrschaft. Die moderne Staatsgewalt ist nur ein Ausschuß, der die gemeinschaftlichen Geschäfte der ganzen Bourgeoisklasse verwaltet.

Die Bourgeoisie hat in der Geschichte eine höchst revolutionäre Rolle gespielt.

Die Bourgeoisie, wo sie zur Herrschaft gekommen, hat alle feudalen, patriarchalischen, idyllischen Verhältnisse zerstört. Sie hat die buntscheckigen Feudalbande, die den

Menschen an seinen natürlichen Vorgesetzten knüpften, unbarmherzig zerrissen und kein anderes Band zwischen Mensch und Mensch übriggelassen als das nackte Interesse, als die gefühllose „bare Zahlung“. Sie hat die heiligen Schauer der frommen Schwärmerei, der ritterlichen Begeisterung, der spießbürgerlichen Wehmut in dem eiskalten Wasser egoistischer Berechnung ertränkt. Sie hat die persönliche Würde in den Tauschwert aufgelöst und an die Stelle der zahllosen verbrieften und wohlerworbenen Freiheiten die eine gewissenlose Handelsfreiheit gesetzt. Sie hat, mit einem Wort, an die Stelle der mit religiösen und politischen Illusionen verhüllten Ausbeutung die offene, unverschämte, direkte, dürre Ausbeutung gesetzt.

Die Bourgeoisie hat alle bisher ehrwürdigen und mit frommer Scheu betrachteten Tätigkeiten ihres Heiligenscheins entkleidet. Sie hat den Arzt, den Juristen, den Pfaffen, den Poeten, den Mann der Wissenschaft in ihre bezahlten Lohnarbeiter verwandelt.

Die Bourgeoisie hat dem Familienverhältnis seinen rührend-sentimentalen Schleier abgerissen und es auf ein reines Geldverhältnis zurückgeführt.

Die Bourgeoisie hat enthüllt, wie die brutale Kraftäußerung, die die Reaktion so sehr am Mittelalter bewundert, in der trägsten Bärenhäuterei ihre passende Ergänzung fand. Erst sie hat bewiesen, was die Tätigkeit der Menschen zustande bringen kann. Sie hat ganz andere Wunderwerke vollbracht als ägyptische Pyramiden, römische Wasserleitungen und gotische Kathedralen, sie hat ganz andere Züge ausgeführt als Völkerwanderungen und Kreuzzüge.

Die Bourgeoisie kann nicht existieren, ohne die Produktionsinstrumente, also die Produktionsverhältnisse, also sämtliche gesellschaftlichen Verhältnisse fortwährend zu revolutionieren. Unveränderte Beibehaltung der alten Produktionsweise war dagegen die erste Existenzbedingung aller früheren industriellen Klassen. Die fortwährende Umwälzung der Produktion, die ununterbrochene Erschütterung aller gesellschaftlichen Zustände, die ewige Unsicherheit und Bewegung zeichnet die Bourgeoisepoche vor allen anderen aus. Alle festen eingerosteten Verhältnisse mit ihrem Gefolge von altehrwürdigen Vorstellungen und Anschauungen werden aufgelöst, alle neugebildeten veralten, ehe sie verknöchern können. Alles Ständische und Stehende verdampft, alles Heilige wird entweiht, und die Menschen sind endlich gezwungen, ihre Lebensstellung, ihre gegenseitigen Beziehungen mit nüchternen Augen anzusehen.

Das Bedürfnis nach einem stets ausgedehnteren Absatz für ihre Produkte jagt die Bourgeoisie über die ganze Erdkugel. Überall muß sie sich einnisten, überall anbauen, überall Verbindungen herstellen.

Die Bourgeoisie hat durch ihre Exploitation des Weltmarkts die Produktion und Konsumption aller Länder kosmopolitisch gestaltet. Sie hat zum großen Bedauern der Reaktionäre den nationalen Boden der Industrie unter den Füßen weggezogen. Die uralten nationalen Industrien sind vernichtet worden und werden noch täglich vernichtet. Sie werden verdrängt durch neue Industrien, deren Einführung eine Lebensfrage für alle zivilisierten Nationen wird, durch Industrien, die nicht mehr einheimische Rohstoffe, sondern den entlegensten Zonen angehörige Rohstoffe verarbeiten und deren Fabrikate nicht nur im Lande selbst, sondern in allen Weltteilen zugleich verbraucht werden.

An die Stelle der alten, durch Landeserzeugnisse befriedigten Bedürfnisse treten neue, welche die Produkte der entferntesten Länder und Klimate zu ihrer Befriedigung erheischen. An die Stelle der alten lokalen und nationalen Selbstgenügsamkeit und Abgeschlossenheit tritt ein allseitiger Verkehr, eine allseitige Abhängigkeit der Nationen voneinander. Und wie in der materiellen, so auch in der geistigen Produktion. Die geistigen Erzeugnisse der einzelnen Nationen werden Gemeingut. Die nationale Einseitigkeit und Beschränktheit wird mehr und mehr unmöglich, und aus den vielen nationalen und lokalen Literaturen bildet sich eine Weltliteratur.

Die Bourgeoisie reißt durch die rasche Verbesserung aller Produktionsinstrumente, durch die unendlich erleichterte Kommunikation alle, auch die barbarischsten Nationen in die Zivilisation. Die wohlfeilen Preise ihrer Waren sind sind die schwere Artillerie, mit der sie alle chinesischen Mauern in den Grund schießt, mit der sie den hartnäckigsten Fremdenhaß der Barbaren zur Kapitulation zwingt. Sie zwingt alle Nationen, die Produktionsweise der Bourgeoisie sich anzueignen, wenn sie nicht zugrunde gehen wollen; sie zwingt sie, die sogenannte Zivilisation bei sich selbst einzuführen, d.h. Bourgeois zu werden. Mit einem Wort, sie schafft sich eine Welt nach ihrem eigenen Bilde.

Die Bourgeoisie hat das Land der Herrschaft der Stadt unterworfen. Sie hat enorme Städte geschaffen, sie hat die Zahl der städtischen Bevölkerung gegenüber der ländlichen in hohem Grade vermehrt und so einen bedeutenden Teil der Bevölkerung dem Idiotismus des Landlebens entrissen. Wie sie das Land von der Stadt, hat sie die barbarischen und halbbarbarischen Länder von den zivilisierten, die

Bauernvölker von den Bourgeoisvölkern, den Orient vom Okzident abhängig gemacht.

Die Bourgeoisie hebt mehr und mehr die Zersplitterung der Produktionsmittel, des Besitzes und der Bevölkerung auf. Sie hat die Bevölkerung agglomeriert, die Produktionsmittel zentralisiert und das Eigentum in wenigen Händen konzentriert. Die notwendige Folge hiervon war die politische Zentralisation. Unabhängige, fast nur verbündete Provinzen mit verschiedenen Interessen, Gesetzen, Regierungen und Zöllen wurden zusammengedrängt in eine Nation, eine Regierung, ein Gesetz, ein nationales Klasseninteresse, eine Douanenlinie.

Die Bourgeoisie hat in ihrer kaum hundertjährigen Klassenherrschaft massenhaftere und kolossalere Produktionskräfte geschaffen als alle vergangenen

Generationen zusammen. Unterjochung der Naturkräfte, Maschinerie, Anwendung der Chemie auf Industrie und Ackerbau, Dampfschiffahrt, Eisenbahnen, elektrische Telegraphen, Urbarmachung ganzer Weltteile, Schiffbarmachung der Flüsse, ganze aus dem Boden hervorgestampfte Bevölkerungen – welches frühere . Jahrhundert ahnte, daß solche Produktionskräfte im Schoß der gesellschaftlichen Arbeit schlummerten.

Wir haben also gesehen: Die Produktions- und Verkehrsmittel, auf deren Grundlage sich die Bourgeoisie heranbildete, wurden in der feudalen Gesellschaft erzeugt. Auf einer gewissen Stufe der Entwicklung dieser Produktions- und Verkehrsmittel entsprachen die Verhältnisse, worin die feudale Gesellschaft produzierte und austauschte, die feudale Organisation der Agrikultur und Manufaktur, mit einem Wort die feudalen

Eigentumsverhältnisse den schon entwickelten Produktivkräften nicht mehr. Sie hemmten die Produktion, statt sie zu fördern. Sie verwandelten sich in ebensoviele Fesseln. Sie mußten gesprengt werden, die wurden gesprengt. An ihre Stelle trat die freie Konkurrenz mit der ihr angemessenen gesellschaftlichen und politischen Konstitution, mit der ökonomischen und politischen Herrschaft der Bourgeoisklasse.

Unter unsern Augen geht eine ähnliche Bewegung vor. Die bürgerlichen Produktions- und Verkehrsverhältnisse, die bürgerlichen Eigentumsverhältnisse, die moderne bürgerliche Gesellschaft, die so gewaltige Produktions- und Verkehrsmittel hervorgezaubert hat, gleicht dem Hexenmeister, der die unterirdischen Gewalten nicht mehr zu beherrschen vermag, die er heraufbeschwor. Seit Dezennien ist die Geschichte der Industrie und des Handels nur die Geschichte der Empörung der modernen Produktivkräfte gegen die modernen Produktionsverhältnisse, gegen die Eigentumsverhältnisse, welche die Lebensbedingungen der Bourgeoisie und ihrer Herrschaft sind.

Es genügt, die Handelskrisen zu nennen, welche in ihrer periodischen Wiederkehr immer drohender die Existenz der ganzen bürgerlichen Gesellschaft in Frage stellen. In den Handelskrisen wird ein großer Teil nicht nur der erzeugten Produkte, sondern der bereits geschaffenen Produktivkräfte regelmäßig vernichtet. In den Krisen bricht eine gesellschaftliche Epidemie aus, welche allen früheren Epochen als ein Widersinn erschienen wäre – die Epidemie der Überproduktion. Die Gesellschaft findet sich plötzlich in einen Zustand momentaner Barbarei zurückversetzt; eine Hungersnot, ein allgemeiner Vernichtungskrieg scheinen ihr alle Lebensmittel abgeschnitten zu haben; die Industrie, der Handel scheinen vernichtet, und warum? Weil sie zuviel Zivilisation, zuviel Lebensmittel, zuviel Industrie, zuviel Handel besitzt. Die Produktivkräfte, die ihr zur Verfügung stehen, dienen nicht mehr zur Beförderung der bürgerlichen Eigentumsverhältnisse.; im Gegenteil, sie sind zu gewaltig für diese Verhältnisse geworden, sie werden von ihnen gehemmt; und sobald sie dies Hemmnis überwinden, bringen sie die ganze bürgerliche Gesellschaft in Unordnung, gefährden sie die Existenz des bürgerlichen Eigentums. Die bürgerlichen Verhältnisse sind zu eng geworden, um den von ihnen erzeugten Reichtum zu fassen. –

Wodurch überwindet die Bourgeoisie die Krisen? Einerseits durch die erzwungene Vernichtung einer Masse von Produktivkräften; anderseits durch die Eroberung neuer

Märkte und die gründlichere Ausbeutung alter Märkte. Wodurch also? Dadurch, daß sie allseitigere und gewaltigere Krisen vorbereitet und die Mittel, den Krisen vorzubeugen, vermindert.

Die Waffen, womit die Bourgeoisie den Feudalismus zu Boden geschlagen hat, richten sich jetzt gegen die Bourgeoisie selbst.

Aber die Bourgeoisie hat nicht nur die Waffen geschmiedet, die ihr den Tod bringen; sie hat auch die Männer gezeugt, die diese Waffen führen werden – die modernen Arbeiter, die Proletarier.

In demselben Maße, worin sich die Bourgeoisie, d.h. das Kapital, entwickelt, in demselben Maße entwickelt sich das Proletariat, die Klasse der modernen Arbeiter, die nur so lange leben, als sie Arbeit finden, und die nur so lange

Arbeit finden, als ihre Arbeit das Kapital vermehrt. Diese Arbeiter, die sich stückweis verkaufen müssen, sind eine Ware wie jeder andere Handelsartikel und daher gleichmäßig allen Wechselfällen der Konkurrenz, allen Schwankungen des Marktes ausgesetzt.

Die Arbeit der Proletarier hat durch die Ausdehnung der Maschinerie und die Teilung der Arbeit allen selbständigen Charakter und damit allen Reiz für die Arbeiter verloren. Er wird ein bloßes Zubehör der Maschine, von dem nur der einfachste, eintönigste, am leichtesten erlernbare Handgriff verlangt wird. Die Kosten, die der Arbeiter verursacht, beschränken sich daher fast nur auf die Lebensmittel, die er zu seinem Unterhalt und zur Fortpflanzung seiner Race bedarf. Der Preis einer Ware, also auch der Arbeit, ist aber gleich ihren Produktionskosten. In demselben Maße, in dem die Widerwärtigkeit der Arbeit wächst, nimmt daher der Lohn ab. Noch mehr, in demselben Maße, wie Maschinerie und Teilung der Arbeit zunehmen, indemselben Maße nimmt auch die Masse der Arbeit zu, sei es durch Vermehrung der Arbeitsstunden, sei es durch Vermehrung der in einer gegebenen Zeit geforderten Arbeit, beschleunigten Lauf der Maschinen usw.

Die moderne Industrie hat die kleine Werkstube des patriarchalischen Meisters in die große Fabrik des industriellen Kapitalisten verwandelt. Arbeitermassen, in der Fabrik zusammengedrängt, werden soldatisch organisiert. Sie werden als gemeine Industriesoldaten unter die Aufsicht einer vollständigen Hierarchie von Unteroffizieren und Offizieren gestellt. Sie sind nicht nur Knechte der Bourgeoisie, des Bourgeoisstaates, sie sind täglich und stündlich geknechtet von der Maschine, von dem Aufseher und vor allem von den einzelnen fabrizierenden Bourgeois selbst. Diese Despotie ist um so kleinlicher, gehässiger, erbitterter, je offener sie den Erwerb als ihren Zweck proklamiert.

Je weniger die Handarbeit Geschicklichkeit und Kraftäußerung erheischt, d.h. je mehr die moderne Industrie sich entwickelt, desto mehr wird die Arbeit der Männer durch die der Weiber verdrängt. Geschlechts- und Altersunterschiede haben keine gesellschaftliche Geltung mehr für die Arbeiterklasse. Es gibt nur noch Arbeitsinstrumente, die je nach Alter und Geschlecht verschiedene Kosten machen.

Ist die Ausbeutung des Arbeiters durch den Fabrikanten so weit beendigt, daß er seinen Arbeitslohn bar ausgezahlt erhält, so fallen die anderen Teile der Bourgeoisie über ihn her, der Hausbesitzer, der Krämer, der Pfandleiher usw.

Die bisherigen kleinen Mittelstände, die kleinen Industriellen, Kaufleute und Rentiers, die Handwerker und Bauern, alle diese Klassen fallen ins Proletariat hinab, teils dadurch, daß ihr kleines Kapital für den Betrieb der großen Industrie nicht ausreicht und der Konkurrenz mit den größeren Kapitalisten erliegt, teils dadurch, daß ihre Geschicklichkeit von neuen Produktionsweisen entwertet wird. So rekrutiert sich das Proletariat aus allen Klassen der Bevölkerung.

Das Proletariat macht verschiedene Entwicklungsstufen durch. Sein Kampf gegen die Bourgeoisie beginnt mit seiner Existenz.

Im Anfang kämpfen die einzelnen Arbeiter, dann die Arbeiter einer Fabrik, dann die Arbeiter eines Arbeitszweiges an einem Ort gegen den einzelnen

Bourgeois, der sie direkt ausbeutet. Sie richten ihre Angriffe nicht nur gegen die bürgerlichen Produktionsverhältnisse, sie richten sie gegen die Produktionsinstrumente selbst; sie vernichten die fremden konkurrierenden Waren, sie zerschlagen die Maschinen, sie stecken die Fabriken in Brand, die suchen die untergegangene Stellung des mittelalterlichen Arbeiters wiederzuerringen.

Auf dieser Stufe bilden die Arbeiter eine über das Land zerstreute und durch die Konkurrenz zersplitterte Masse. Massenhaftes Zusammenhalten der Arbeiter ist noch nicht die Folge ihrer eigenen Vereinigung, sondern die Folge der Vereinigung der Bourgeoisie, die zur Erreichung ihrer eigenen politischen Zwecke das ganze Proletariat in Bewegung setzen muß und es einstweilen noch kann.

Auf dieser Stufe bekämpfen die Proletarier also noch nicht ihre Feinde, sondern die Feinde ihrer Feinde, die Reste der absoluten Monarchie, die Grundeigentümer, die nichtindustriellen Bourgeois, die Kleinbürger. Die ganze geschichtliche Bewegung ist so in den Händen der Bourgeoisie konzentriert; jeder Sieg, der so errungen wird, ist ein Sieg der Bourgeoisie.

Aber mit der Entwicklung der Industrie vermehrt sich nicht nur das Proletariat; es wird in größeren Massen zusammengedrängt, seine Kraft wächst, und es fühlt sie immer mehr. Die Interessen, die Lebenslagen innerhalb des Proletariats gleichen sich immer mehr aus, indem die Maschinerie mehr und mehr die Unterschiede der Arbeit verwischt und den Lohn fast überall auf ein gleich niedriges Niveau herabdrückt. Die wachsende Konkurrenz der Bourgeois unter sich und die daraus hervorgehenden

Handelskrisen machen den Lohn der Arbeiter immer schwankender; die immer rascher sich entwickelnde, unaufhörliche Verbesserung der Maschinerie macht ihre ganze Lebensstellung immer unsicherer; immer mehr nehmen die Kollisionen zwischen dem einzelnen Arbeiter und dem einzelnen Bourgeois den Charakter von Kollisionen zweier Klassen an. Die Arbeiter beginnen damit, Koalitionen gegen die Bourgeois zu bilden; sie treten zusammen zur Behauptung ihres Arbeitslohns. Sie stiften selbst dauernde Assoziationen, um sich für die gelegentlichen Empörungen zu verproviantieren. Stellenweis bricht der Kampf in Emeuten aus.

Von Zeit zu Zeit siegen die Arbeiter, aber nur vorübergehend. Das eigentliche Resultat ihrer Kämpfe ist nicht der unmittelbare Erfolg, sondern die immer weiter um sich greifende Vereinigung der Arbeiter. Sie wird befördert durch die wachsenden Kommunikationsmittel, die von der großen Industrie erzeugt werden und die Arbeiter der verschiedenen Lokalitäten miteinander in Verbindung setzen. Es bedarf aber bloß der Verbindung, um die vielen Lokalkämpfe von überall gleichem Charakter zu einem nationalen, zu einem Klassenkampf zu zentralisieren. Jeder Klassenkampf ist aber ein politischer Kampf. Und die Vereinigung, zu der die Bürger des Mittelalters mit ihren Vizinalwegen Jahrhunderte bedurften, bringen die modernen Proletarier mit den Eisenbahnen in wenigen Jahren zustande.

Diese Organisation der Proletarier zur Klasse, und damit zur politischen Partei, wird jeden Augenblick wieder gesprengt durch die Konkurrenz unter den Arbeitern selbst. Aber sie ersteht immer wieder, stärker, fester, mächtiger. Sie erzwingt die Anerkennung einzelner Interesse der

Arbeiter in Gesetzesform, indem sie die Spaltungen der Bourgeoisie unter sich benutzt. So die Zehnstundenbill in England.

Die Kollisionen der alten Gesellschaft überhaupt fördern mannigfach den Entwicklungsgang des Proletariats. Die Bourgeoisie befindet sich in fortwährendem Kampfe: anfangs gegen die Aristokratie; später gegen die Teile der Bourgeoisie selbst, deren Interessen mit dem Fortschritt der Industrie in Widerspruch geraten; stets gegen die Bourgeoisie aller auswärtigen Länder. In allen diesen Kämpfen sieht sie sich genötigt, an das Proletariat zu appellieren, seine Hülfe in Anspruch zu nehmen und es so in die politische Bewegung hineinzureißen. Sie selbst führt also dem Proletariat ihre eigenen Bildungselemente, d.h. Waffen gegen sich selbst, zu.

Es werden ferner, wie wir sahen, durch den Fortschritt der Industrie ganze Bestandteile der herrschenden Klasse ins Proletariat hinabgeworfen oder wenigstens in ihren Lebensbedingungen bedroht. Auch sie führen dem Proletariat eine Masse Bildungselemente zu.

In Zeiten endlich, wo der Klassenkampf sich der Entscheidung nähert, nimmt der Auflösungsprozeß innerhalb der herrschenden Klasse, innerhalb der ganzen alten Gesellschaft, einen so heftigen, so grellen Charakter an, daß ein kleiner Teil der herrschenden Klasse sich von ihr lossagt und sich der revolutionären Klasse anschließt, der Klasse, welche die Zukunft in ihren Händen trägt. Wie daher früher ein Teil des Adels zur Bourgeoisie überging, so geht jetzt ein Teil der Bourgeoisie zum Proletariat über, und namentlich ein Teil dieser Bourgeoisideologen, welche zum theoretischen Verständnis der ganzen geschichtlichen Bewegung sich hinaufgearbeitet haben.

Von allen Klassen, welche heutzutage der Bourgeoisie gegenüberstehen, ist nur das Proletariat eine wirklich revolutionäre Klasse. Die übrigen Klassen verkommen und gehen unter mit der großen Industrie, das Proletariat ist ihr eigenstes Produkt.

Die Mittelstände, der kleine Industrielle, der kleine Kaufmann, der Handwerker, der Bauer, sie alle bekämpfen die Bourgeoisie, um ihre Existenz als Mittelstände vor dem Untergang zu sichern. Sie sind also nicht revolutionär, sondern konservativ. Noch mehr, sie sind reaktionär, sie suchen das Rad der Geschichte zurückzudrehen. Sind sie revolutionär, so sind sie es im Hinblick auf den ihnen bevorstehenden Übergang ins Proletariat, so verteidigen sie nicht ihre gegenwärtigen, sondern ihre zukünftigen Interessen, so verlassen sie ihren eigenen Standpunkt, um sich auf den des Proletariats zu stellen. – Das Lumpenproletariat, diese passive Verfaulung der untersten Schichten der alten Gesellschaft, wird durch eine proletarische Revolution stellenweise in die Bewegung hineingeschleudert, seiner ganzen Lebenslage nach wird es bereitwilliger sein, sich zu reaktionären Umtrieben erkaufen zu lassen.

Die Lebensbedingungen der alten Gesellschaft sind schon vernichtet in den Lebensbedingungen des Proletariats. Der Proletarier ist eigentumslos; sein Verhältnis zu Weib und Kindern hat nichts mehr gemein mit dem bürgerlichen Familienverhältnis; die moderne industrielle Arbeit, die moderne Unterjochung unter das Kapital, dieselbe in England wie in Frankreich, in Amerika wie in Deutschland, hat ihm allen nationalen Charakter abgestreift. Die Gesetze, die Moral, die Religion sind für ihn ebenso viele bürgerliche Vorurteile, hinter denen sich ebenso viele bürgerliche Interessen verstecken.

Alle früheren Klassen, die sich die Herrschaft eroberten, suchten ihre schon erworbene Lebensstellung zu sichern, indem sie die ganze Gesellschaft den Bedingungen ihres Erwerbs unterwarfen. Die Proletarier können sich die gesellschaftlichen Produktivkräfte nur erobern, indem sie ihre eigene bisherige Aneignungsweise und damit die ganze bisherige Aneignungsweise abschaffen. Die Proletarier haben nichts von dem Ihrigen zu sichern, sie haben alle bisherigen Privatsicherheiten und Privatversicherungen zu zerstören.

Alle bisherigen Bewegungen waren Bewegungen von Minoritäten oder im Interesse von Minoritäten. Die proletarische Bewegung ist die selbständige Bewegung der ungeheuren Mehrzahl im Interesse der ungeheuren Mehrzahl. Das Proletariat, die unterste Schicht der jetzigen Gesellschaft, kann sich nicht erheben, nicht aufrichten, ohne daß der ganze Überbau der Schichten, die die offizielle Gesellschaft bilden, in die Luft gesprengt wird.

Obgleich nicht dem Inhalt, ist der Form nach der Kampf des Proletariats gegen die Bourgeoisie zunächst ein nationaler. Das Proletariat eines jeden Landes muß natürlich zuerst mit seiner eigenen Bourgeoisie fertig werden.

Indem wir die allgemeinsten Phasen der Entwicklung des Proletariats zeichneten, verfolgten wir den mehr oder minder versteckten Bürgerkrieg innerhalb der bestehenden

Gesellschaft bis zu dem Punkt, wo er in eine offene Revolution ausbricht und durch den gewaltsamen Sturz der Bourgeoisie das Proletariat seine Herrschaft begründet.

Alle bisherige Gesellschaft beruhte, wie wir gesehen haben, auf dem Gegensatz unterdrückender und unterdrückter Klassen. Um aber eine Klasse unterdrücken zu können, müssen ihr Bedingungen gesichert sein, innerhalb derer sie wenigstens ihre knechtische Existenz fristen kann. Der Leibeigene hat sich zum Mitglied der Kommune in der Leibeigenschaft herangearbeitet wie der Kleinbürger zum Bourgeois unter dem Joch des feudalistischen Absolutismus. Der moderne Arbeiter dagegen, statt sich mit dem Fortschritt der Industrie zu heben, sinkt immer tiefer unter die Bedingungen seiner eigenen Klasse herab. Der Arbeiter wird zum Pauper, und der Pauperismus entwickelt sich noch schneller als Bevölkerung und Reichtum.

Es tritt hiermit offen hervor, daß die Bourgeoisie unfähig ist, noch länger die herrschende Klasse der Gesellschaft zu bleiben und die Lebensbedingungen ihrer Klasse der Gesellschaft als regelndes Gesetz aufzuzwingen. Sie ist unfähig zu herrschen, weil sie unfähig ist, ihrem Sklaven die Existenz selbst innerhalb seiner Sklaverei zu sichern, weil sie gezwungen ist, ihn in eine Lage herabsinken zu lassen, wo sie ihn ernähren muß, statt von ihm ernährt zu werden. Die Gesellschaft kann nicht mehr unter ihr leben, d.h., ihr Leben ist nicht mehr verträglich mit der Gesellschaft.

Die wesentliche Bedingung für die Existenz und für die Herrschaft der Bourgeoisklasse ist die Anhäufung des Reichtums in den Händen von Privaten, die Bildung und Vermehrung des Kapitals; die Bedingung des Kapitals ist die Lohnarbeit. Die Lohnarbeit beruht ausschließlich auf der Konkurrenz der Arbeiter unter sich. Der Fortschritt der

Industrie, dessen willenloser und widerstandsloser Träger die Bourgeoisie ist, setzt an die Stelle der Isolierung der Arbeiter durch die Konkurrenz ihre revolutionäre Vereinigung durch die Assoziation. Mit der Entwicklung der großen Industrie wird also unter den Füßen der Bourgeoisie die Grundlage selbst hinweggezogen, worauf sie produziert und die Produkte sich aneignet. Sie produziert vor allem ihren eigenen Totengräber. Ihr Untergang und der Sieg des Proletariats sind gleich unvermeidlich.

II. Proletarier und Kommunisten

In welchem Verhältnis stehen die Kommunisten zu den Proletariern überhaupt? Die Kommunisten sind keine besondere Partei gegenüber den andern Arbeiterparteien. Sie haben keine von den Interessen des ganzen Proletariats getrennten Interessen.

Sie stellen keine besonderen Prinzipien auf, wonach sie die proletarische Bewegung modeln wollen.

Die Kommunisten unterscheiden sich von den übrigen proletarischen Parteien nur dadurch, daß sie einerseits in den verschiedenen nationalen Kämpfen der Proletarier die gemeinsamen, von der Nationalität unabhängigen Interessen des gesamten Proletariats hervorheben und zur Geltung bringen, andrerseits dadurch, daß sie in den verschiedenen Entwicklungsstufen, welche der Kampf zwischen Proletariat und Bourgeoisie durchläuft, stets das Interesse der Gesamtbewegung vertreten.

Die Kommunisten sind also praktisch der entschiedenste, immer weitertreibende Teil der Arbeiterparteien aller Länder; sie haben theoretisch vor der übrigen Masse des Proletariats die Einsicht in die Bedingungen, den Gang und die allgemeinen Resultate der proletarischen Bewegung voraus.

Der nächste Zweck der Kommunisten ist derselbe wie der aller übrigen proletarischen Parteien: Bildung des Proletariats zur Klasse, Sturz der Bourgeoisherrschaft, Eroberung der politischen Macht durch das Proletariat. Die theoretischen Sätze der Kommunisten beruhen keineswegs auf Ideen, auf Prinzipien, die von diesem oder jenem Weltverbesserer erfunden oder entdeckt sind.

Sie sind nur allgemeine Ausdrücke tatsächlicher Verhältnisse eines existierenden Klassenkampfes, einer unter unseren Augen vor sich gehenden geschichtlichen Bewegung. Die Abschaffung bisheriger Eigentumsverhältnisse ist nichts den Kommunismus eigentümlich Bezeichnendes.

Alle Eigentumsverhältnisse waren einem beständigen geschichtlichen Wandel, einer beständigen geschichtlichen Veränderung unterworfen.

Die Französische Revolution z.B. schaffte das Feudaleigentum zugunsten des bürgerlichen ab.

Was den Kommunismus auszeichnet, ist nicht die Abschaffung des Eigentums überhaupt, sondern die Abschaffung des bürgerlichen Eigentums.

Aber das moderne bürgerliche Privateigentum ist der letzte und vollendetste Ausdruck der Erzeugung und Aneignung der Produkte, die auf Klassengegensätzen, auf der Ausbeutung der einen durch die andern beruht.

In diesem Sinn können die Kommunisten ihre Theorie in dem einen Ausdruck: Aufhebung des Privateigentums, zusammenfassen.

Man hat uns Kommunisten vorgeworfen, wir wollten das persönlich erworbene, selbsterarbeitete Eigentum abschaffen; das Eigentum, welches die Grundlage aller persönlichen Freiheit, Tätigkeit und Selbständigkeit bilde.

Erarbeitetes, erworbenes, selbstverdientes Eigentum! Sprecht ihr von dem kleinbürgerlichen, kleinbäuerlichen Eigentum, welches dem bürgerlichen Eigentum vorherging? Wir brauchen es nicht abzuschaffen, die

Entwicklung der Industrie hat es abgeschafft und schafft es täglich ab.

Oder sprecht ihr vom modernen bürgerlichen Privateigentum?

Schafft aber die Lohnarbeit, die Arbeit des Proletariers ihm Eigentum? Keineswegs. Sie schafft das Kapital, d.h. das Eigentum, welches die Lohnarbeit ausbeutet, welches sich nur unter der Bedingung vermehren kann, daß es neue Lohnarbeit erzeugt, um sie von neuem auszubeuten. Das Eigentum in seiner heutigen Gestalt bewegt sich in dem Gegensatz von Kapital und Lohnarbeit. Betrachten wir die beiden Seiten dieses Gegensatzes:

Kapitalist sein, heißt nicht nur eine rein persönliche, sondern eine gesellschaftliche Stellung in der Produktion einzunehmen. Das Kapital ist ein gemeinschaftliches

Produkt und kann nur durch eine gemeinsame Tätigkeit vieler Mitglieder, ja in letzter Instanz nur durch die gemeinsame Tätigkeit aller Mitglieder der Gesellschaft in Bewegung gesetzt werden. Das Kapital ist also keine persönliche, es ist eine gesellschaftliche Macht.

Wenn also das Kapital in ein gemeinschaftliches, allen Mitgliedern der Gesellschaft angehöriges Eigentum verwandelt wird, so verwandelt sich nicht persönliches Eigentum in gesellschaftliches. Nur der gesellschaftliche Charakter des Eigentums verwandelt sich. Er verliert seinen Klassencharakter.

Kommen wir zur Lohnarbeit:

Der Durchschnittspreis der Lohnarbeit ist das Minimum des Arbeitslohnes, d.h. die Summe der Lebensmittel, die notwendig sind, um den Arbeiter als Arbeiter am Leben zu erhalten. Was also der Lohnarbeiter durch seine Tätigkeit sich aneignet, reicht bloß dazu hin, um sein nacktes Leben wieder zu erzeugen. Wir wollen diese persönliche Aneignung der Arbeitsprodukte zur Wiedererzeugung des unmittelbaren Lebens keineswegs abschaffen, eine Aneignung, die keinen Reinertrag übrigläßt, der Macht über fremde Arbeit geben könnte. Wir wollen nur den elenden Charakter dieser Aneignung aufheben, worin der Arbeiter nur lebt, um das Kapital zu vermehren, nur so weit lebt, wie es das Interesse der herrschenden Klasse erheischt. In der bürgerlichen Gesellschaft ist die lebendige Arbeit nur ein Mittel, die aufgehäufte Arbeit zu vermehren. In der kommunistischen Gesellschaft ist die aufgehäufte Arbeit nur ein Mittel, um den Lebensprozeß der Arbeiter zu erweitern, zu bereichern, zu befördern.

In der bürgerlichen Gesellschaft herrscht also die Vergangenheit über die Gegenwart, in der kommunistischen die Gegenwart über die Vergangenheit. In der bürgerlichen Gesellschaft ist das Kapital selbständig und persönlich, während das tätige Individuum unselbständig und unpersönlich ist.

Und die Aufhebung dieses Verhältnisses nennt die Bourgeoisie Aufhebung der Persönlichkeit und Freiheit! Und mit Recht. Es handelt sich allerdings um die Aufhebung der Bourgeois-Persönlichkeit, –Selbständigkeit und –Freiheit.

Unter Freiheit versteht man innerhalb der jetzigen bürgerlichen Produktionsverhältnisse den freien Handel, den freien Kauf und Verkauf.

Fällt aber der Schacher, so fällt auch der freie Schacher. Die Redensarten vom freien Schacher, wie alle übrigen Freiheitsbravaden unserer Bourgeoisie, haben überhaupt nur einen Sinn gegenüber dem gebundenen Schacher, gegenüber dem geknechteten Bürger des Mittelalters, nicht aber gegenüber der kommunistischen Aufhebung des Schachers, der bürgerlichen Produktionsverhältnisse und der Bourgeoisie selbst.

Ihr entsetzt euch darüber, daß wir das Privateigentum aufheben wollen. Aber in eurer bestehenden Gesellschaft ist das Privateigentum für neun Zehntel ihrer Mitglieder aufgehoben, es existiert gerade dadurch, daß es für neun Zehntel nicht existiert. Ihr werft uns also vor, daß wir ein Eigentum aufheben wollen, welches die Eigentumslosigkeit der ungeheuren Mehrzahl der Gesellschaft als notwendige Bedingung voraussetzt.

Ihr werft uns mit einem Worte vor, daß wir euer Eigentum aufheben wollen. Allerdings, das wollen wir.

Von dem Augenblick an, wo die Arbeit nicht mehr in Kapital, Geld, Grundrente, kurz, in eine monopolisierbare gesellschaftliche Macht verwandelt werden kann, d.h. von dem Augenblick, wo das persönliche Eigentum nicht mehr in bürgerliches umschlagen kann, von dem Augenblick an erklärt ihr, die Person sei aufgehoben.

Ihr gesteht also, daß ihr unter der Person niemanden anders versteht als den Bourgeois, den bürgerlichen Eigentümer. Und diese Person soll allerdings aufgehoben werden.

Der Kommunismus nimmt keinem die Macht, sich gesellschaftliche Produkte anzueignen, er nimmt nur die Macht, sich durch diese Aneignung fremde Arbeit zu unterjochen.

Man hat eingewendet, mit der Aufhebung des Privateigentums werde alle Tätigkeit aufhören, und eine allgemeine Faulheit einreißen.

Hiernach müßte die bürgerliche Gesellschaft längst an der Trägheit zugrunde gegangen sein; denn die in ihr arbeiten, erwerben nicht, und die in ihr erwerben, arbeiten nicht. Das ganze Bedenken läuft auf die Tautologie hinaus, daß es keine Lohnarbeit mehr gibt, sobald es kein Kapital mehr gibt.

Alle Einwürfe, die gegen die kommunistische Aneignungs- und Produktionsweise der materiellen Produkte gerichtet werden, sind ebenso auf die Aneignung und Produktion der geistigen Produkte ausgedehnt worden. Wie für den Bourgeois das Aufhören des Klasseneigentums das Aufhören der Produktion selbst ist, so ist für ihn das

Aufhören der Klassenbildung identisch mit dem Aufhören der Bildung überhaupt. Die Bildung, deren Verlust er bedauert, ist für die enorme Mehrzahl die Heranbildung zur Maschine.

Aber streitet nicht mit uns, indem ihr an euren bürgerlichen Vorstellungen von Freiheit, Bildung, Recht usw. die Abschaffung des bürgerlichen Eigentums meßt. Eure Ideen selbst sind Erzeugnisse der bürgerlichen Produktions- und Eigentumsverhältnisse, wie euer Recht nur der zum Gesetz erhobene Wille eurer Klasse ist, ein Wille, dessen Inhalt gegeben ist in den materiellen Lebensbedingungen eurer Klasse.

Die interessierte Vorstellung, worin ihr eure Produktions- und Eigentumsverhältnisse aus geschichtlichen, in dem Lauf der Produktion vorübergehenden Verhältnissen in ewige Natur- und Vernunftgesetze verwandelt, teilt ihr mit allen untergegangenen herrschenden Klassen. Was ihr für das antike Eigentum begreift, was ihr für das feudale Eigentum begreift, dürft ihr nicht mehr begreifen für das bürgerliche Eigentum.-

Aufhebung der Familie! Selbst die Radikalsten ereifern sich über diese schändliche Absicht der Kommunisten.

Worauf beruht die gegenwärtige, die bürgerliche Familie? Auf dem Kapital, auf dem Privaterwerb. Vollständig entwickelt existiert sie nur für die Bourgeoisie; aber sie findet ihre Ergänzung in der erzwungenen Familienlosigkeit der Proletarier und der öffentlichen Prostitution.

Die Familie der Bourgeois fällt natürlich weg mit dem Wegfallen dieser ihrer Ergänzung, und beide verschwinden mit dem Verschwinden des Kapitals.

Werft ihr uns vor, daß wir die Ausbeutung der Kinder durch ihre Eltern aufheben wollen? Wir gestehen dieses Verbrechen ein.

Aber, sagt ihr, wir heben die trautesten Verhältnisse auf, indem wir an die Stelle der häuslichen Erziehung die gesellschaftliche setzen.

Und ist nicht auch eure Erziehung durch die Gesellschaft bestimmt? Durch die gesellschaftlichen Verhältnisse, innerhalb derer ihr erzieht, durch die direktere oder indirektere Einmischung der Gesellschaft, vermittelst der Schule usw.? Die Kommunisten erfinden nicht die Einwirkung der Gesellschaft auf die Erziehung; sie verändern nur ihren Charakter, sie entreißen die Erziehung dem Einfluß der herrschenden Klasse.

Die bürgerlichen Redensarten über Familie und Erziehung, über das traute Verhältnis von Eltern und Kindern werden um so ekelhafter, je mehr infolge der großen Industrie alle Familienbande für die Proletarier zerrissen und die Kinder in einfache Handelsartikel und Arbeitsinstrumente verwandelt werden.

Aber ihr Kommunisten wollt die Weibergemeinschaft einführen, schreit uns die ganze Bourgeoisie im Chor entgegen.

Der Bourgeois sieht in seiner Frau ein bloßes Produktionsinstrument. Er hört, daß die Produktionsinstrumente gemeinschaftlich ausgebeutet werden sollen, und kann sich natürlich nichts anderes denken, als daß das Los der Gemeinschaftlichkeit die Weiber gleichfalls treffen wird.

Er ahnt nicht, daß es sich eben darum handelt, die Stellung der Weiber als bloßer Produktionsinstrumente aufzuheben.

Übrigens ist nichts lächerlicher als das hochmoralische Entsetzen unserer Bourgeois über die angebliche offizielle Weibergemeinschaft der Kommunisten. Die Kommunisten brauchen die Weibergemeinschaft nicht einzuführen, sie hat fast immer existiert.

Unsre Bourgeois, nicht zufrieden damit, daß ihnen die Weiber und Töchter ihrer Proletarier zur Verfügung stehen, von der offiziellen Prostitution gar nicht zu sprechen, finden ein Hauptvergnügen darin, ihre Ehefrauen wechselseitig zu verführen.

Die bürgerliche Ehe ist in Wirklichkeit die Gemeinschaft der Ehefrauen. Man könnte höchstens den Kommunisten vorwerfen, daß sie an Stelle einer heuchlerisch versteckten eine offizielle, offenherzige Weibergemeinschaft einführen wollten. Es versteht sich übrigens von selbst, daß mit Aufhebung der jetzigen Produktionsverhältnisse auch die aus ihnen hervorgehende Weibergemeinschaft, d.h. die offizielle und nichtoffizielle Prostitution, verschwindet.

Den Kommunisten ist ferner vorgeworfen worden, sie wollten das Vaterland, die Nationalität abschaffen. Die Arbeiter haben kein Vaterland. Man kann ihnen nicht nehmen, was sie nicht haben. Indem das Proletariat zunächst sich die politische Herrschaft erobern, sich zur nationalen Klasse erheben, sich selbst als Nation konstituieren muß, ist es selbst noch national, wenn auch keineswegs im Sinne der Bourgeoisie.

Die nationalen Absonderungen und Gegensätze der Völker verschwinden mehr und mehr schon mit der Entwicklung der Bourgeoisie, mit der Handelsfreiheit, dem Weltmarkt, der Gleichförmigkeit der industriellen Produktion und der ihr entsprechenden Lebensverhältnisse.

Die Herrschaft des Proletariats wird sie noch mehr verschwinden machen. Vereinigte Aktion, wenigstens der zivilisierten Länder, ist eine der ersten Bedingungen seiner Befreiung.

In dem Maße, wie die Exploitation des einen Individuums durch das andere aufgehoben wird, wird die Exploitation einer Nation durch die andere aufgehoben. Mit dem Gegensatz der Klassen im Innern der Nation fällt die feindliche Stellung der Nationen gegeneinander.

Die Anklagen gegen den Kommunismus, die von religiösen, philosophischen und ideologischen Gesichtspunkten überhaupt erhoben werden, verdienen keine ausführlichere Erörterung.

Bedarf es tiefer Einsicht, um zu begreifen, daß mit den Lebensverhältnissen der Menschen, mit ihren gesellschaftlichen Beziehungen, mit ihrem gesellschaftlichen Dasein, auch ihre Vorstellungen, Anschauungen und Begriffe, mit einem Worte auch ihr Bewußtsein sich ändert?

Was beweist die Geschichte der Ideen anders, als daß die geistige Produktion sich mit der materiellen umgestaltet? Die herrschenden Ideen einer Zeit waren stets nur die Ideen der herrschenden Klasse.

Man spricht von Ideen, welche eine ganze Gesellschaft revolutionieren; man spricht damit nur die Tatsache aus, daß sich innerhalb der alten Gesellschaft die Elemente einer neuen gebildet haben, daß mit der Auflösung der alten Lebensverhältnisse die Auflösung der alten Ideen gleichen Schritt hält.

Als die alte Welt im Untergehen begriffen war, wurden die alten Religionen von der christlichen Religion besiegt. Als die christlichen Ideen im 18. Jahrhundert den Aufklärungsideen unterlagen, rang die feudale Gesellschaft ihren Todeskampf mit der damals revolutionären Bourgeoisie. Die Ideen der Gewissens- und Religionsfreiheit sprachen nur die Herrschaft der freien Konkurrenz auf dem Gebiete des Wissens aus.

„Aber“, wird man sagen, „religiöse, moralische, philosophische, politische, rechtliche Ideen usw. modifizieren sich allerdings im Lauf der geschichtlichen Entwicklung. Die Religion, die Moral, die Philosophie, die Politik, das Recht erhielten sich stets in diesem Wechsel. Es gibt zudem ewige Wahrheiten, wie Freiheit, Gerechtigkeit usw., die allen gesellschaftlichen Zuständen gemeinsam sind. Der Kommunismus aber schafft die ewigen Wahrheiten ab, er schafft die Religion ab, die Moral, statt sie neu zu gestalten, er widerspricht also allen bisherigen geschichtlichen Entwicklungen.“

Worauf reduziert sich diese Anklage? Die Geschichte der ganzen bisherigen Gesellschaft bewegte sich in Klassengegensätzen, die in den verschiedensten Epochen verschieden gestaltet waren. Welche Form sie aber auch immer angenommen, die Ausbeutung des einen Teils der

Gesellschaft durch den andern ist eine allen vergangenen Jahrhunderten gemeinsame Tatsache. Kein Wunder daher, daß das gesellschaftliche Bewußtsein aller Jahrhunderte, aller Mannigfaltigkeit und Verschiedenheit zum Trotz, in gewissen gemeinsamen Formen sich bewegt, in Bewußtseinsformen, die nur mit dem gänzlichen Verschwinden des Klassengegensatzes sich vollständig auflösen.

Die kommunistische Revolution ist das radikalste Brechen mit den überlieferten Eigentumsverhältnissen; kein Wunder, daß in ihrem Entwicklungsgange am radikalsten mit den überlieferten Ideen gebrochen wird.

Doch lassen wir die Einwürfe der Bourgeoisie gegen den Kommunismus. Wir sahen schon oben, daß der erste Schritt in der Arbeiterrevolution die Erhebung des

Proletariats zur herrschenden Klasse, die Erkämpfung der Demokratie ist.

Das Proletariat wird seine politische Herrschaft dazu benutzen, der Bourgeoisie nach und nach alles Kapital zu entreißen, alle Produktionsinstrumente in den Händen des Staats, d.h. des als herrschende Klasse organisierten Proletariats, zu zentralisieren und die Masse der Produktionskräfte möglichst rasch zu vermehren.

Es kann dies natürlich zunächst nur geschehen vermittelst despotischer Eingriffe in das Eigentumsrecht und in die bürgerlichen Produktionsverhältnisse, durch Maßregeln also, die ökonomisch unzureichend und unhaltbar erscheinen, die aber im Lauf der Bewegung über sich selbst hinaustreiben und als Mittel zur Umwälzung der ganzen Produktionsweise unvermeidlich sind. Diese Maßregeln werden natürlich je nach den verschiedenen Ländern verschieden sein.

Für die fortgeschrittensten Länder werden jedoch die folgenden ziemlich allgemein in Anwendung kommen können:

1. Expropriation des Grundeigentums und Verwendung der Grundrente zu Staatsausgaben.
2. Starke Progressivsteuer.
3. Abschaffung des Erbrechts.
4. Konfiskation des Eigentums aller Emigranten und Rebellen.
5. Zentralisation des Kredits in den Händen des Staats durch eine Nationalbank mit Staatskapital und ausschließlichem Monopol.

6. Zentralisation des Transportwesens in den Händen des Staats.

7. Vermehrung der Nationalfabriken, Produktionsinstrumente, Urbarmachung und Verbesserung aller Ländereien nach einem gemeinschaftlichen Plan.

8. Gleicher Arbeitszwang für alle, Errichtung industrieller Armeen, besonders für den Ackerbau.

9. Vereinigung des Betriebs von Ackerbau und Industrie, Hinwirken auf die allmähliche Beseitigung des Unterschieds von Stadt und Land.

10. Öffentliche und unentgeltliche Erziehung aller Kinder. Beseitigung der Fabrikarbeit der Kinder in ihrer heutigen Form. Vereinigung der Erziehung mit der materiellen Produktion usw.

Sind im Laufe der Entwicklung die Klassenunterschiede verschwunden und ist alle Produktion in den Händen der assoziierten Individuen konzentriert, so verliert die öffentliche Gewalt den politischen Charakter. Die politische Gewalt im eigentlichen Sinne ist die organisierte Gewalt einer Klasse zur Unterdrückung einer andern. Wenn das Proletariat im Kampfe gegen die Bourgeoisie sich notwendig zur Klasse vereint, durch eine Revolution sich zur herrschenden Klasse macht und als herrschende Klasse gewaltsam die alten Produktionsverhältnisse aufhebt, so hebt es mit diesen Produktionsverhältnissen die Existenzbedingungen des Klassengegensatzes, die Klassen überhaupt, und damit seine eigene Herrschaft als Klasse auf.

An die Stelle der alten bürgerlichen Gesellschaft mit ihren Klassen und Klassengegensätzen tritt eine Assoziation, worin die freie Entwicklung eines jeden die freie Entwicklung aller ist.

III. Sozialistische und kommunistische Literatur

1. Der reaktionäre Sozialismus

1a) Der feudale Sozialismus

Die französische und englische Aristokratie war ihrer geschichtlichen Stellung nach dazu berufen, Pamphlete gegen die moderne bürgerliche Gesellschaft zu schreiben. In der französischen Junirevolution von 1830, in der englischen Reformbewegung war sie noch einmal dem verhaßten Emporkömmling erlegen. Von einem ernsten politischen Kampfe konnte nicht mehr die Rede sein. Nur der literarische Kampf blieb ihr übrig. Aber auch auf dem Gebiete der Literatur waren die alten Redensarten der

Restaurationszeit unmöglich geworden. Um Sympathie zu erregen, mußte die Aristokratie scheinbar ihre Interessen aus dem Auge verlieren und nur im Interesse der exploitierten Arbeiterklasse ihren Anklageakt gegen die Bourgeoisie formulieren. Sie bereitete so die Genugtuung vor, Schmählieder auf ihren neuen Herrscher zu singen und mehr oder minder unheilschwangere Prophezeiungen ihm ins Ohr raunen zu dürfen.

Auf diese Art entstand der feudalistische Sozialismus, halb Klagelied, halb Pasquill, halb Rückhall der Vergangenheit, halb Dräuen der Zukunft, mitunter die Bourgeoisie ins Herz treffend durch bitteres, geistreich zerreißendes Urteil, stets komisch wirkend durch gänzliche Unfähigkeit, den Gang der modernen Geschichte zu begreifen.

Den proletarischen Bettelsack schwenkten sie als Fahne in der Hand, um das Volk hinter sich her zu versammeln. Sooft es ihnen aber folgte, erblickte es auf ihrem Hintern die alten feudalen Wappen und verlief sich mit lautem und unehrerbietigem Gelächter.

Ein Teil der französischen Legitimisten und das Junge England gaben dies Schauspiel zum besten.

Wenn die Feudalen beweisen, daß ihre Weise der Ausbeutung anders gestaltet war als die bürgerliche Ausbeutung, so vergessen sie nur, daß sie unter gänzlich verschiedenen und jetzt überlebten Umständen und Bedingungen ausbeuteten. Wenn sie nachweisen, daß unter ihrer Herrschaft nicht das moderne Proletariat existiert hat, so vergessen sie nur, daß eben die moderne Bourgeoisie ein notwendiger Sprößling ihrer Gesellschaftsordnung war.

Übrigens verheimlichen sie den reaktionären Charakter ihrer Kritik so wenig, daß ihre Hauptanklage gegen die Bourgeoisie eben darin besteht, unter ihrem Regime entwickle sich eine Klasse, welche die ganze alte Gesellschaftsordnung in die Luft sprengen werde.

Sie werfen der Bourgeoisie mehr noch vor, daß sie ein revolutionäres Proletariat, als daß sie überhaupt ein Proletariat erzeugt.

In der politischen Praxis nehmen sie daher an allen Gewaltmaßregeln gegen die Arbeiterklasse teil, und im gewöhnlichen Leben bequemen sie sich, allen ihren aufgeblähten Redensarten zum Trotz die goldnen Äpfel aufzulesen und Treue, Liebe, Ehre mit dem Schacher in Schafswolle, Runkelrüben und Schnaps zu vertauschen. Wie der Pfaffe immer Hand in Hand ging mit dem Feudalen, so der pfäffische Sozialismus mit dem feudalistischen.

Nichts leichter, als dem christlichen Asketismus einen sozialistischen Anstrich zu geben. Hat das Christentum nicht auch gegen das Privateigentum, gegen die Ehe, gegen die Staat geeifert? Hat es nicht die Wohltätigkeit und den Bettel, das Zölibat und die Fleischesertötung, das Zellenleben und die Kirche an ihrer Stelle gepredigt? Der christliche Sozialismus ist nur das Weihwasser, womit der Pfaffe den Ärger des Aristokraten einsegnet.

1b) Kleinbürgerlicher Sozialismus

Die feudale Aristokratie ist nicht die einzige Klasse, welche durch die Bourgeoisie gestürzt wurde, deren Lebensbedingungen in der modernen bürgerlichen Gesellschaft verkümmerten und abstarben. Das mittelalterliche Pfahlbürgertum und der kleine Bauernstand waren die Vorläufer der modernen Bourgeoisie. In den weniger industriell und kommerziell entwickelten Ländern vegetiert diese Klasse noch fort neben der aufkommenden Bourgeoisie.

In den Ländern, wo sich die moderne Zivilisation entwickelt hat, hat sich eine neue Kleinbürgerschaft gebildet, die zwischen dem Proletariat und der Bourgeoisie schwebt und als ergänzender Teil der bürgerlichen Gesellschaft stets von neuem sich bildet, deren Mitglieder aber beständig durch die Konkurrenz ins Proletariat hinabgeschleudert werden, ja selbst mit der Entwicklung der großen Industrie einen Zeitpunkt herannahen sehen, wo sie als selbständiger Teil der modernen Gesellschaft gänzlich verschwinden und im Handel, in der Manufaktur, in der Agrikultur durch Arbeitsaufseher und Domestiken ersetzt werden.

In Ländern wie Frankreich, wo die Bauernklasse weit mehr als die Hälfte der Bevölkerung ausmacht, war es natürlich, daß Schriftsteller, die für das Proletariat gegen die Bourgeoisie auftraten, an ihre Kritik des Bourgeoisregimes den kleinbürgerlichen und kleinbäuerlichen Maßstab anlegten und die Partei der Arbeiter vom Standpunkt des Kleinbürgertums ergriffen. Es bildete sich so der kleinbürgerliche Sozialismus. Sismondi ist das Haupt dieser Literatur nicht nur für Frankreich, sondern auch für England.

Dieser Sozialismus zergliederte höchst scharfsinnig die Widersprüche in den modernen Produktionsverhältnissen. Er enthüllte die gleisnerischen Beschönigungen der Ökonomen. Er wies unwiderleglich die zerstörenden Wirkungen der Maschinerie und der Teilung der Arbeit nach, die Konzentration der Kapitalien und des

Grundbesitzes, die Überproduktion, die Krisen, den notwendigen Untergang der kleinen Bürger und Bauern, das Elend des Proletariats, die Anarchie in der Produktion, die schreienden Mißverhältnisse in der Verteilung des Reichtums, den industriellen Vernichtungskrieg der Nationen untereinander, die Auflösung der alten Sitten, der alten Familienverhältnisse, der alten Nationalitäten.

Seinem posititiven Gehalte nach will jedoch dieser Sozialismus entweder die alten Produktions- und Verkehrsmittel wiederherstellen und mit ihnen die alten Eigentumsverhältnisse und die alte Gesellschaft, oder er will die modernen Produktions- und Verkehrsmittel in den Rahmen der alten Eigentumsverhältnisse, die von ihnen gesprengt wurden, gesprengt werden mußten, gewaltsam wieder einsperren. In beiden Fällen ist er reaktionär und utopisch zugleich. Zunftwesen in der Manufaktur und patriarchalische Wirtschaft auf dem Lande, das sind seine letzten Worte.

In ihrer weiteren Entwicklung hat sich diese Richtung in einen feigen Katzenjammer verlaufen.

1c) Der deutsche oder „wahre" Sozialismus

Die sozialistische und kommunistische Literatur Frankreichs, die unter dem Druck einer herrschenden Bourgeoisie entstand und der literarische Ausdruck des Kampfes gegen diese Herrschaft ist, wurde nach Deutschland eingeführt zu einer Zeit, wo die Bourgeoisie soeben ihren Kampf gegen den feudalen Absolutismus begann.

Deutsche Philosophen, Halbphilosophen und Schöngeister bemächtigten sich gierig dieser Literatur und vergaßen nur, daß bei der Einwanderung jener Schriften aus Frankreich die französischen Lebensverhältnisse nicht gleichzeitig nach Deutschland eingewandert waren. Den deutschen Verhältnissen gegenüber verlor die französische Literatur alle unmittelbar praktische Bedeutung und nahm ein rein literarisches Aussehen an. Als müßige Spekulation über die Verwirklichung des menschlichen Wesens mußte sie erscheinen. So hatten für die deutschen Philosophen des 18. Jahrhunderts die Forderungen der ersten französischen Revolution nur den Sinn, Forderungen der „praktischen Vernunft“ im allgemeinen zu sein, und die Willensäußerungen der französischen Bourgeoisie bedeuteten in ihren Augen die Gesetze des reinen Willens, des Willens, wie er sein muß, des wahrhaft menschlichen Willens. Die ausschließliche Arbeit der deutschen Literaten bestand darin, die neuen französischen Ideen mit ihrem alten philosophischen Gewissen in Einklang zu setzen oder vielmehr von ihrem philosophischen Standpunkte aus die französischen Ideen sich anzueignen. Diese Aneignung geschah in derselben Weise, wodurch man sich überhaupt eine fremde Sache aneignet, durch die Übersetzung.

Es ist bekannt, wie die Mönche Manuskripte, worauf die klassischen Werke der alten Heidenzeit verzeichnet waren, mit abgeschmackten katholischen Heiligengeschichten überschrieben. Die deutschen Literaten gingen umgekehrt mit der profanen französischen Literatur um. Sie schrieben ihren philosophischen Unsinn hinter das französische Original. Z.B. hinter die französische Kritik der Geldverhältnisse schrieben sie „Entäußerung des menschlichen Wesens“, hinter die französische Kritik des Bourgeoisstaates schrieben sie „Aufhebung der Herrschaft des abstrakten Allgemeinen“ usw.

Die Unterschiebung dieser philosophischen Redensarten unter die französischen Entwicklungen tauften sie „Philosophie der Tat", „wahrer Sozialismus", „deutsche Wissenschaft des Sozialismus", usw.

Die französische sozialistisch-kommunistische Literatur wurde so förmlich entmannt. Und da sie in der Hand des Deutschen aufhörte, den Kampf einer Klasse gegen die andre auszudrücken, so war der Deutsche sich bewußt, die „französische Einseitigkeit" überwunden, statt wahrer Bedürfnisse das Bedürfnis der Wahrheit und statt der Interessen des Proletariers die Interessen des menschlichen Wesens, des Menschen überhaupt vertreten zu haben, des Menschen, der keiner Klasse, der überhaupt nicht der Wirklichkeit, der nur dem Dunsthimmel der philosophischen Phantasie angehört.

Dieser deutsche Sozialismus, der seine unbeholfenen Schulübungen so ernst und feierlich nahm und so marktschreierisch ausposaunte, verlor indes nach und nach seine pedantische Unschuld. Der Kampf der deutschen, namentlich der preußischen Bourgeoisie gegen die Feudalen und das absolute Königtum, mit einem Wort, die liberale Bewegung wurde ernsthafter.

Dem „wahren" Sozialismus war so erwünschte Gelegenheit geboten, der politischen Bewegung die sozialistische Forderung gegenüberzustellen, die überlieferten Anatheme gegen den Liberalismus, gegen den Repräsentativstaat, gegen die bürgerliche Konkurrenz, bürgerliche Preßfreiheit, bürgerliches Recht, bürgerliche Freiheit und Gleichheit zu schleudern und der Volksmasse vorzupredigen, wie sie bei dieser bürgerlichen Bewegung nichts zu gewinnen, vielmehr alles zu verlieren habe. Der deutsche Sozialismus vergaß rechtzeitig, daß die französische Kritik, deren geistloses Echo er war, die moderne bürgerliche Gesellschaft mit den entsprechenden materiellen Lebensbedingungen und der angemessenen politischen Konstitution vorausgesetzt, lauter Voraussetzungen, um deren Erkämpfung es sich erst in Deutschland handelte.

Er diente den deutschen absoluten Regierungen mit ihrem Gefolge von Pfaffen, Schulmeistern, Krautjunkern und Bürokraten als erwünschte Vogelscheuche gegen die drohend aufstrebende Bourgeoisie.

Er bildete die süßliche Ergänzung zu den bitteren Peitschenhieben und Flintenkugeln, womit dieselben Regierungen die deutschen Arbeiteraufstände bearbeiteten.

Ward der „wahre“ Sozialismus dergestalt eine Waffe in der Hand der Regierungen gegen die deutsche Bourgeoisie, so vertrat er auch unmittelbar ein reaktionäres Interesse, das Interesse der deutschen Pfahlbürgerschaft. In Deutschland bildet das vom 16. Jahrhundert her überlieferte und seit der Zeit in verschiedener Form hier immer neu wieder auftauchende Kleinbürgertum die eigentliche Grundlage der bestehenden Zustände.

Seine Erhaltung ist die Erhaltung der bestehenden deutschen Zustände. Von der industriellen und politischen Herrschaft der Bourgeoisie fürchtet es den sichern Untergang, einerseits infolge der Konzentration des Kapitals, andrerseits durch das Aufkommen eines revolutionären Proletariats. Der „wahre“ Sozialismus schien ihm beide Fliegen mit einer Klappe zu schlagen. Er verbreitete sich wie eine Epidemie.

Das Gewand, gewirkt aus spekulativem Spinnweb, überstickt mit schöngeistigen Redeblumen, durchtränkt von liebesschwülem Gemütstau, dies überschwengliche Gewand, worin die deutschen Sozialisten ihre paar knöchernen „ewigen Wahrheiten" einhüllten, vermehrte nur den Absatz ihrer Ware bei diesem Publikum. Seinerseits erkannte der deutsche Sozialismus immer mehr seinen Beruf, der hochtrabende Vertreter dieser Pfahlbürgerschaft zu sein.

Er proklamierte die deutsche Nation als die normale Nation und den deutschen Spießbürger als den Normalmenschen. Er gab jeder Niederträchtigkeit desselben einen verborgenen, höheren, sozialistischen Sinn, worin sie ihr Gegenteil bedeutete. Er zog die letzte Konsequenz, indem er direkt gegen die „rohdestruktive" Richtung des Kommunismus auftrat und seine unparteiische

Erhabenheit über alle Klassenkämpfe verkündete. Mit sehr wenigen Ausnahmen gehört alles, was in Deutschland von angeblich sozialistischen und kommunistischen Schriften zirkuliert, in den Bereich dieser schmutzigen, entnervenden Literatur.

2. Der konservative oder Bourgeoissozialismus

Ein Teil der Bourgeoisie wünscht den sozialen Mißständen abzuhelfen, um den Bestand der bürgerlichen Gesellschaft zu sichern.

Es gehören hierher: Ökonomisten, Philantrophen, Humanitäre, Verbesserer der Lage der arbeitenden Klassen, Wohltätigkeitsorganisierer, Abschaffer der Tierquälerei, Mäßigkeitsvereinsstifter, Winkelreformer der buntscheckigsten Art. Und auch zu ganzen Systemen ist dieser Bourgeoissozialismus ausgearbeitet worden.

Als Beispiel führen wir Proudhons „Philosophie de la misère" an.

Die sozialistischen Bourgeois wollen die Lebensbedingungen der modernen Gesellschaft ohne die notwendig daraus hervor gehenden Kämpfe und Gefahren. Sie wollen die bestehende Gesellschaft mit Abzug der sie revolutionierenden und sie auflösenden Elemente. Sie wollen die Bourgeoisie ohne das Proletariat. Die Bourgeoisie stellt sich die Welt, worin sie herrscht, natürlich als die beste Welt vor. Der Bourgeoissozialismus arbeitet diese tröstliche Vorstellung zu einem halben oder ganzen System aus. Wenn er das Proletariat auffordert, seine Systeme zu verwirklichen und in das neue Jerusalem einzugehen, so verlangt er im Grunde nur, daß es in der jetzigen Gesellschaft stehenbleibe, aber seine gehässigen Vorstellungen von derselben abstreife.

Eine zweite, weniger systematische, nur mehr praktische Form dieses Sozialismus suchte der Arbeiterklasse jede revolutionäre Bewegung zu verleiden, durch den Nachweis, wie nicht diese oder jene politische Veränderung, sondern nur eine Veränderung der materiellen Lebensverhältnisse, der ökonomischen Verhältnisse ihr von Nutzen sein könne. Unter Veränderung der materiellen Lebensverhältnisse versteht dieser Sozialismus aber keineswegs Abschaffung der bürgerlichen Produktionsverhältnisse, die nur auf revolutionärem Wege möglich ist, sondern administrative Verbesserungen, die auf dem Boden dieser Produktionsverhältnisse vor sich gehen, also an dem Verhältnis von Kapital und Lohnarbeit nichts ändern, sondern im besten Fall der Bourgeoisie die Kosten ihrer Herrschaft vermindern und ihren Staatshaushalt vereinfachen.

Seinen entsprechenden Ausdruck erreicht der Bourgeoisiesozialismus erst da, wo er zur bloßen rednerischen Figur wird.

Freier Handel! im Interesse der arbeitenden Klasse; Schutzzölle! im Interesse der arbeitenden Klasse; Zellengefängnisse! im Interesse der arbeitenden Klasse; das ist das letzte, das einzige ernstgemeinte Wort des Bourgeoisiesozialismus.

Der Sozialismus der Bourgeoisie besteht eben in der Behauptung, daß die Bourgeois Bourgeois sind – im Interesse der arbeitenden Klasse.

3. Der kritisch-utopistische Sozialismus oder Kommunismus

Wir reden hier nicht von der Literatur, die in allen großen modernen Revolutionen die Forderungen des Proletariats aussprach. (Schriften Babeufs etc.)

Die ersten Versuche des Proletariats, in einer Zeit allgemeiner Aufregung, in der Periode des Umsturzes der feudalen Gesellschaft direkt sein eigenes Klasseninteresse durchzusetzen, scheiterten notwendig an der unentwickelten Gestalt des Proletariats selbst wie an dem Mangel der materiellen Bedingungen seiner Befreiung, die eben erst das Produkt der bürgerliche Epoche sind. Die revolutionäre Literatur, welche diese ersten Bewegungen des Proletariats begleitete, ist dem Inhalt nach notwendig reaktionär. Sie lehrt einen allgemeinen Asketismus und eine rohe Gleichmacherei.

Die eigentlich sozialistischen und kommunistischen Systeme, die Systeme St.-Simons, Fouriers, Owens usw., tauchen auf in der ersten, unentwickelten Periode des Kampfes zwischen Proletariat und Bourgeoisie, die wir oben dargestellt haben. (Siehe Bourgeoisie und Proletariat.)

Die Erfinder dieser Systeme sehen zwar den Gegensatz der Klassen wie die Wirksamkeit der auflösenden Elemente in der herrschenden Gesellschaft selbst. Aber sie erblicken auf der Seite des Proletariats keine geschichtliche Selbsttätigkeit, keine ihm eigentümliche politische Bewegung.

Da die Entwicklung des Klassengegensatzes gleichen Schritt hält mit der Entwicklung der Industrie, finden sie ebensowenig die materiellen Bedingungen zur Befreiung des Proletariats vor und suchen nach einer sozialen

Wissenschaft, nach sozialen Gesetzen, um diese Bedingungen zu schaffen. An die Stelle der gesellschaftlichen Tätigkeit muß ihre persönlich erfinderische Tätigkeit treten, an die Stelle der geschichtlichen Bedingungen der Befreiung phantastische, an die Stelle der allmählich vor sich gehenden Organisation des Proletariats zur Klasse eine eigens ausgeheckte Organisation der Gesellschaft. Die kommende Weltgeschichte löst sich für sie auf in die Propaganda und die praktische Ausführung ihrer Gesellschaftspläne. Sie sind sich zwar bewußt, in ihren Plänen hauptsächlich das Interesse der arbeitenden Klasse als der leidendsten Klasse zu vertreten. Nur unter diesem Gesichtspunkt der leidendsten Klasse existiert das Proletariat für sie.

Die unentwickelte Form des Klassenkampfes wie ihre eigene Lebenslage bringen es aber mit sich, daß sie weit über jenen Klassengegensatz erhaben zu sein glauben. Sie wollen die Lebenslage aller Gesellschaftsglieder, auch der bestgestellten, verbessern. Sie appellieren daher fortwährend an die ganze Gesellschaft ohne Unterschied, ja vorzugsweise an die herrschende Klasse. Man braucht ihr System ja nur zu verstehen, um es als den bestmöglichen Plan der bestmöglichen Gesellschaft anzuerkennen.

Sie verwerfen daher alle politische, namentlich alle revolutionäre Aktion, sie wollen ihr Ziel auf friedlichem Wege erreichen und versuchen, durch kleine, natürlich fehlschlagende Experimente, durch die Macht des Beispiels dem neuen gesellschaftlichen Evangelium Bahn zu brechen.

Die phantastische Schilderung der zukünftigen Gesellschaft entspringt in einer Zeit, wo das Proletariat noch höchst unentwickelt ist, also selbst noch phantastisch seine eigene

Stellung auffaßt, seinem ersten ahnungsvollen Drängen nach einer allgemeinen Umgestaltung der Gesellschaft.

Die sozialistischen und kommunistischen Schriften bestehen aber auch aus kritischen Elementen. Sie greifen alle Grundlagen der bestehenden Gesellschaft an. Sie haben daher höchst wertvolles Material zur Aufklärung der Arbeiter geliefert. Ihre positiven Sätze über die zukünftige Gesellschaft, z.B. Aufhebung des Gegensatzes zwischen Stadt und Land, der Familie, des Privaterwerbs, der Lohnarbeit, die Verkündigung der gesellschaftlichen Harmonie, die Verwandlung des Staates in eine bloße Verwaltung der Produktion – alle diese ihre Sätze drücken bloß das Wegfallen des Klassengegensatzes aus, der eben erst sich zu entwickeln beginnt, den sie nur noch in seiner ersten gestaltlosen Unbestimmtheit kennen. Diese Sätze selbst haben daher noch einen rein utopistischen Sinn.

Die Bedeutung des kritisch-utopistischen Sozialismus oder Kommunismus steht im umgekehrten Verhältnis zur geschichtlichen Entwicklung. In demselben Maße, worin der Klassenkampf sich entwickelt und gestaltet, verliert diese phantastische Erhebung über denselben, diese phantastische Bekämpfung desselben allen praktischen Wert, alle theoretische Berechtigung. Waren daher die Urheber dieser Systeme auch in vieler Beziehung revolutionär, so bilden ihre Schüler jedesmal reaktionäre Sekten. Sie halten die alten Anschauungen der Meister fest gegenüber der geschichtlichen Fortentwicklung des Proletariats. Sie suchen daher konsequent den Klassenkampf wieder abzustumpfen und die Gegensätze zu vermitteln. Sie träumen noch immer die versuchsweise Verwirklichung ihrer gesellschaftlichen Utopien, Stiftung einzelner Phalanstere, Gründung von Home-

Kolonien, Errichtung eines kleinen Ikariens – Duodezausgabe des neuen Jerusalems –, und zum Aufbau aller dieser spanischen Schlösser müssen sie an die Philanthropie der bürgerlichen Herzen und Geldsäcke appellieren.

Allmählich fallen sie in die Kategorie der oben geschilderten reaktionären oder konservativen Sozialisten und unterscheiden sich nur noch von ihnen durch mehr systematische Pedanterie, durch den fanatischen Aberglauben an die Wunderwirkungen ihrer sozialen Wissenschaft. Sie treten daher mit Erbitterung aller politischen Bewegung der Arbeiter entgegen, die nur aus blindem Unglauben an das neue Evangelium hervorgehen konnte.

Die Owenisten in England, die Fourieristen in Frankreich reagieren dort gegen die Chartisten, hier gegen die Reformisten.

IV. Stellung der Kommunisten zu den verschiedenen oppositionellen Parteien

Nach Abschnitt II versteht sich das Verhältnis der Kommunisten zu den bereits konstituierten Arbeiterparteien von selbst, also ihr Verhältnis zu den Chartisten in England und den agrarischen Reformern in Nordamerika.

Sie kämpfen für die Erreichung der unmittelbar vorliegenden Zwecke und Interessen der Arbeiterklasse, aber sie vertreten in der gegenwärtigen Bewegung zugleich die Zukunft der Bewegung. In Frankreich schließen sich die

Kommunisten an die sozial-demokratische Partei an gegen die konservative und radikale Bourgeoisie, ohne darum das Recht aufzugeben, sich kritisch zu den aus der revolutionären Überlieferung herrührenden Phrasen und Illusionen zu verhalten.

In der Schweiz unterstützen sie die Radikalen, ohne zu verkennen, daß diese Partei aus widersprechenden Elementen besteht, teils aus demokratischen Sozialisten im französischen Sinn, teils aus radikalen Bourgeois.

Unter den Polen unterstützen die Kommunisten die Partei, welche eine agrarische Revolution zur Bedingung der nationalen Befreiung macht, dieselbe Partei, welche die Krakauer Insurrektion von 1846 ins Leben rief.

In Deutschland kämpft die Kommunistische Partei, sobald die Bourgeoisie revolutionär auftritt, gemeinsam mit der

Bourgeoisie gegen die absolute Monarchie, das feudale Grundeigentum und die Kleinbürgerei.

Sie unterläßt aber keinen Augenblick, bei den Arbeitern ein möglichst klares Bewußtsein über den feindlichen Gegensatz zwischen Bourgeoisie und Proletariat herauszuarbeiten, damit die deutschen Arbeiter sogleich die gesellschaftlichen und politischen Bedingungen, welche die Bourgeoisie mit ihrer Herrschaft herbeiführen muß, als ebenso viele Waffen gegen die Bourgeoisie kehren können, damit, nach dem Sturz der reaktionären Klassen in Deutschland, sofort der Kampf gegen die Bourgeoisie selbst beginnt. Auf Deutschland richten die Kommunisten ihre Hauptaufmerksamkeit, weil Deutschland am Vorabend einer bürgerlichen Revolution steht und weil es diese Umwälzung unter fortgeschrittneren Bedingungen der europäischen Zivilisation überhaupt und mit einem viel weiter entwickelten Proletariat vollbringt als England im 17. und Frankreich im 18. Jahrhundert, die deutsche bürgerliche Revolution also nur das unmittelbare Vorspiel einer proletarischen Revolution sein kann.

Mit einem Wort, die Kommunisten unterstützen überall jede revolutionäre Bewegung gegen die bestehenden gesellschaftlichen und politischen Zustände.

In allen diesen Bewegungen heben sie die Eigentumsfrage, welche mehr oder minder entwickelte Form sie auch angenommen haben möge, als die Grundfrage der Bewegung hervor. Die Kommunisten arbeiten endlich überall an der Verbindung und Verständigung der demokratischen Parteien aller Länder.

Die Kommunisten verschmähen es, ihre Ansichten und Absichten zu verheimlichen. Sie erklären es offen, daß ihre

Zwecke nur erreicht werden können durch den gewaltsamen Umsturz aller bisherigen Gesellschaftsordnung. Mögen die herrschenden Klassen vor einer kommunistischen Revolution zittern. Die Proletarier haben nichts in ihr zu verlieren als ihre Ketten. Sie haben eine Welt zu gewinnen.

Proletarier aller Länder, vereinigt euch!